AF360240

LES CICÉRONS FRANÇAIS.

APOLOGIE.

Par DUR.......Y,

Avocat, Membre de plusieurs Sociétés littéraires, correspondant de celle de Rouen.

S'il faut rimer ici, rimons quelque louange.

BOIL. Sat. 7.

A PARIS,

Chez les Marchands de Nouveautés,

1810.

ÉPITRE DÉDICATOIRE.

Avocats, mes très - chers Confrères, MM. les Juges, MM. les Journalistes, MM. les Libraires, et vous tous, ô mes chers Lecteurs! daignez, je vous en conjure, jeter un regard de bienveillance sur cette bagatelle, le fruit de mes loisirs; je me consolerais aisément, je l'avoue, de l'injustice de tous nos Procureurs, dussent-ils, après avoir parcouru mon opuscule, ne le juger bon qu'à servir d'enveloppe à leurs dossiers : *Beati pauperes spiritu.*

Mais je ne puis dissimuler la crainte qui m'agite, quand je pense qu'un grave bâtonnier ne verra point, sans scandale, un de ses Confrères affublé de la toge et le front ceint du bonnet de docteur, s'amuser à courir après de fugitives rimes. Oui, déjà j'entends notre illustre chef s'écrier : « Un descendant » des Patelin, dédaigner un seul ins- » tant le don de la parole! se permettre » d'écrire! et d'écrire en vers! se rendre » complaisamment, comme tant d'obs- » curs rivaux, le jouet de la critique! » c'est déroger, en vérité, c'est déroger; » que le nom du coupable soit donc à

» jamais rayé de notre tableau !... Oh !
» quel arrêt ma bouche vient-elle de
» prononcer ? punissons le téméraire,
» mais sans le perdre : qu'à l'instant
» même on le dépouille de sa robe, **de**
» **son chaperon** ; puis la tête découverte,
» pardevant nous et nos membres réunis
» qu'il soit amené et admonesté, sauf à
» prononcer, en cas de récidive, une
» peine plus rigoureuse. »

Ce n'est pas tout, excité peut-être par
les plaintes de notre bâtonnier, certain
Journaliste ne m'adressera-t-il pas ce
discours : « Et vous aussi ! monsieur l'A-
» vocat ! vous descendez dans l'arène ;
» vous venez vous ranger parmi ce peu-
» ple de petits gladiateurs qui semblent
» se déchirer sous nos yeux, pour nos
» menus plaisirs ; pauvre Robin ! ne
» vous flattez-vous pas d'obtenir sans
» efforts les honneurs du triomphe ?
» tremblez, nous allons vous faire payer
» cher votre fanfaronnade. »

Je crains qu'un *Trissotin* travesti ne
pénètre furtivement jusqu'au sanctuaire
de la justice... Oui ! déjà, je crois le voir
profanant l'auguste siège ; déjà, je crois
l'entendre cet ennemi secret de l'ordre
des Avocats : avec quel empressement
n'ordonne-t-il pas la suppression, la
lacération de leur apologie, sans l'avoir

lue et pour cause? De son côté, le saint Office, si jamais il ressuscite, ne manquera point de placer en certain lieu l'écrivain assez audacieux pour avoir mis en scène un abbé et un avocat qui en viennent aux prises. Que dis-je? l'auteur et le livre ne seront-ils pas, s'il est possible, réduits en cendres sur la place publique, pour l'édification des fidèles, la gloire de l'église et la vengeance qui est due à tous les petits-collets des tems passé, présent, et à venir? Fi donc! un Avocat avoir peur des revenans!

Oh! ce que je dois craindre c'est que certain Libraire, en voyant pour la première fois un poëme sans notes, ne regarde en pitié ma chère production et que, sans aucune forme de procès, il ne condamne irrévocablement un ouvrage si court à rester dans le coin le plus obscur de sa boutique; tandis qu'au faubourg Saint-Germain, quelque bourgeois gentilhomme, tourmenté par sa femme ou par son déjeûner, s'écriera peut-être en estropiant mes vers : *Ces maudits* Cissrons *ne finiront-ils pas?*

A quoi bon de tels aveux? toutes ces réflexions, quelques naïves qu'elles soient, peuvent-elles disposer les esprits à l'indulgence pour un vieil apôtre de la

chicane, qui, d'une main glacée, s'avise
de vouloir caresser les neuf Sœurs ? le
verrait-on , grace à sa bonhommie ,
échapper au danger dont il est menacé ?
Peut-être le grand-juge du Parnasse a-
t-il déjà prononcé contre moi cet arrêt
irrévocable :

Il n'est valet d'auteur, ni copiste à Paris ,
  Qui la balance en main ne pèse les écrits ; *etc.*

Mais, tout tremblant que je suis , il
me souvient pourtant d'avoir obtenu
quelquefois des succès par mes efforts.
En effet n'ai-je pas eu l'avantage, en
défendant les intérets de mes cliens , de
convaincre des auditeurs d'abord égarés
par la prévention , des juges long-tems
indécis ? telle est la vérité : qu'il s'élève
quelqu'incrédule qui la révoque en doute,
je l'assomme à l'instant d'un volume de
mes plaidoyers et des arrêts qui les ont
suivis. Ah ! si le zèle pouvait aussi, dans
un auteur , suppléer au talent, serais-je
moins heureux aujourd'hui ? Messieurs ,
on voit tous les jours d'intrépides plaideurs gagner, grâce à nos soins, des
procès fort douteux ; une semblable faveur de la fortune nous serait-elle refu-
sée dans notre propre cause ? Eh ! pour-
quoi Thémis eût-elle réservé à ses fidèles
ministres un sort si rigoureux? Confrères,

osons du moins le soutenir, l'intention des parties doit être d'un grand poids dans la balance d'un juge équitable.

C'est une erreur, me dira-t-on peut-être avec une imposante gravité ; s'agit-il d'examiner, de juger un ouvrage, l'intention d'un écrivain est fort peu de chose aux yeux d'un censeur sévère, éclairé, impartial. Voyez, pourrait ajouter certain critique en se déridant le front, voyez quel est aujourd'hui le sort de ce vaillant Champion qui, d'un seul *coup de pied* (1) pourtant, a triomphé du Samson de l'Allemagne et lui a fait mordre la poussière. Hé bien ! ce formidable ennemi de tous les *cranologues*, a-t-il pu après une si belle victoire, se faire pardonner, même en faveur de l'intention, quelques méchantes rimes ? Vainement il a caché ses oreilles sous son *bonnet de nuit*, hélas ! l'infortuné n'a pu les rendre inaccessibles au bruit des sifflets ; vainement nous l'avons en-

---

(1) Un des Numéros du Journal de Paris de l'an 1808 contient un article sur la prééminence que le *pied* doit avoir sur la *tête*. Cet opuscule est une réfutation victorieuse de la doctrine du docteur Gall ; l'originalité piquante de ce morceau de littérature eût suffi pour faire reconnaître l'auteur qui, fort inutilement, a pris la peine de changer de place les lettres de son nom.

tendu citer ses Aristarques, avec tout
la fierté d'un républicain devant l'au
guste aréopage qui doit, en l'an 2440
selon toutes les prophéties, redresser le
torts du genre humain ; les censeurs, l
public lui-même qui ne dédaigne pas de
s'amuser aux dépens des auteurs, n'ont-
ils pas ri de l'appellant et de son appel ?

Certes, nul français ne pouvait voir
d'un œil satisfait le peintre célèbre à qui
la France doit le grand tableau de sa
Capitale, délaisser tout-à-coup ses pin-
ceaux pour s'armer du fouet de la satire
et se proclamer le correcteur de Racine
et de Boileau : tout le ridicule d'une
telle prétention devait être universelle-
ment blâmé; mais, a-t-on pu oublier
combien le coupable, dans les beaux
jours de sa vie, a acquis de véritables
titres à l'estime des amis des lettres ?

Grands-hommes du 18ᵉ siècle ! toi
surtout, illustre admirateur de l'illustre
Retif ! si le public sévère, ne vous a pas
même pardonné quelques peccadilles,
en faveur de vos noms, à quel sort dois-
je m'attendre, moi ! qui ose encore
faire gémir la presse dans le 19ᵉ siècle ,
après tant de grands maîtres, et sans
avoir un seul des titres imposans du
censeur de Racine ? Oh ! que n'ai-je au
moins l'espoir , à la faveur d'un mince

bagage, de traverser, avec ce léger far-
deau, un assez grand nombre de siècles
pour arriver jusqu'à l'aréopage, où les
jugemens iniques de nos contemporains
seront infailliblement réformés ! heureux, oui, mille fois heureux l'écrivain
qui doit triompher, en l'an 2440, des
efforts de la haine et de l'envie ! ô mé-
morable année ! hâte-toi de venir faire
époque dans l'histoire du monde litté-
raire.

— Cependant, chers lecteurs, et vous
particulièrement, MM. les Critiques,
si je conviens avec vous, de bonne foi,
que mon dévouement pour les Avocats
ne peut égaler ni le zèle du censeur de
Racine pour les progrès de l'art poétique,
ni son dévouement pour les gens de lettres, ne conviendrez-vous pas aussi, avec
moi, que mon entreprise est un peu
moins téméraire que la sienne ! en effet,
je n'ai point, moi, la prétention de
mettre au jour une satire ; loin à jamais
de ma pensée le projet insensé de corri-
ger mes semblables ou de les humilier,
en les forçant à rougir un seul instant,
de leurs ridicules ou de leurs vices ; je
sens trop combien j'ai besoin de l'indulgence des autres pour me permettre
surtout de traiter mes très-chers Confrères avec sévérité ; c'est au contraire

une apologie dont j'ai voulu gratifier
l'ordre des avocats ; je leur en fais ici
franchement la déclaration et je désire
qu'ils en soient tous bien convaincus.

Dans cette petite pièce néanmoins,
certain personnage prend parfois le ton
de censeur, et laisse échapper quelques
faibles traits de satire ; mais, heureuse-
ment il est facile de s'apercevoir que ce
n'est qu'un badinage ; nul homme sensé,
j'aime à le croire, ne s'avisera de s'en
fâcher : au surplus, je proteste d'avance
contre toute espèce d'application ou
d'interprétation qui ne serait que le
fruit de la malignité ; car je n'ai fait que
des portraits de fantaisie ; je n'ai par
conséquent donné à mes personnages
que des noms supposés et convenables à
leurs divers caractères ; ou, si je me
suis parfois écarté de cette règle, ce n'a
été que pour citer des noms honorable-
ment connus.

Enfin, comme je veux éviter toute
espèce de reproches, je dois, conscien-
cieusement, prévenir les personnes qui
n'auraient point un moment à perdre,
qu'elles feront très-bien de ne pas même
jeter les yeux sur cette bagatelle.

LES
CICÉRONS FRANÇAIS.

APOLOGIE.

S'il faut rimer ici, rimons quelque louange.
BOIL. Sat. VII.

Quand j'aurais de Boileau la verve et l'énergie,
Ami du genre humain, riant de ses travers,
Non, je ne voudrais point gourmander l'univers.
Hé bien ! des avocats faisons l'apologie.
Avec un front sévère et d'un ton de régent,
Qu'un farouche censeur, au nom de la justice,
D'un saint zèle enflammé, prêche contre le vice ;
Voici notre devise : Homme, sois indulgent.
Le méchant dont la plume est habile à médire,
Dégoûté quelquefois du fiel de la satire,
Vainement à rimer fatigue son cerveau ;
Mais toujours un bon cœur goûte un plaisir nouveau
A chanter les vertus, à peindre la sagesse,

Toujours nouveaux sujets s'offrent à son pinceau.
Heureux qui peut connaître une si douce ivresse !
Amis de la satire, à vos méchans discours,
Contre moi, j'y consens, donnez un libre cours :
Et vous ! qui défendez l'antre de la chicane,
Vous que l'on vit jadis au parquet, à genoux * ,
Offrir plus d'un modèle à notre Aristophane,
Formez contre mes vers un complot entre vous ;
Prêt à rire, censeurs, de tous vos coups de langue,
Je vais, sans plus tarder, commencer ma harangue.
Déjà, dans votre humeur, ardens à me honnir,
Je vous entends crier : La peste du poète !
Malgré tant de rigueur, ma muse peu discrette,
De moi-même, avant tout, veut vous entretenir.

Apprends-le donc, lecteur, la gloire est mon idole:
Fils d'un grave Robin qui, pendant quarante ans,
Fut presque un Cicéron au bailliage du Mans ;
Dès ma plus tendre enfance, ami du grand Barthole,
J'étudiai les loix et l'art de la parole.
Depuis long-tems déjà je siégeais sur les bancs,
Je brûlais en secret d'illustrer ma carrière,
De soutenir le nom, la gloire de mon père ;
Lorsqu'un jour au barreau j'attendris l'auditeur :
Ma foi ! se disait-on, c'est un grand orateur !

____

(1) Les procureurs autrefois se tenaient à genoux,
au Parquet.

Quel triomphe ! avocats. Mais une impertinente,
Empoisonnant bientôt ce succès enchanteur ,
Méchamment me nomma l'avocat *Rossinante*.
Outrager de la sorte un vieux docteur ès-lois !
Le doyen des docteurs ! oh ! c'est un cas pendable.
Au plus vil animal suis-je donc comparable ,
Moi ! qui pourrais compter mes jours par mes exploits ?
Ah ! l'histoire dira : Dans le cours de sa vie,
Rossinante ne put galopper qu'une fois ;
Mais, ce grand avocat, en dépit de l'envie ,
Tous les jours en courant se rendit au Palais.

    Eh ! qui donc usa mieux du don de la parole ?
Proposer, répliquer et n'en finir jamais ;
Citer, à tout propos, ou Cujas ou Barthole,
Maint vieil auteur encor révéré dans l'Ecole ;
M'entêter, batailler quelquefois pour des mots ,
Voilà , sans vanité, mes glorieux travaux.
Messieurs s'endorment-ils ? bientôt je les réveille.
Profanes ! vous brûlez de savoir mon secret ;
Tout ce qui porte robe est-il donc indiscret ?
Enfin, vous le voulez ; hé bien ! prêtez l'oreille :
Avec ce grand secret, disons ici le mot ,
Au Palais, en géant se transforme un nabot ;
Avec ce grand secret, eût-on la tête creuse,
On peut avoir parfois quelque saillie heureuse.
P** monte à la tribune et se fait applaudir ;
En chaire Fr*** du siècle est la merveille :
De leur obscurité qui les a fait sortir ?

C'est le même secret que j'ai dans ma bouteille.

— O le vilain propos! tais-toi, maître bavard,
(Dit, en se rengorgeant, certain abbé caffard),
Des ivrognes je hais l'insipide jactance.

— L'ignorez-vous ? Bacchus honore l'éloquence;
Oui, zélé partisan des *si*, des *mais*, des *car*,
Il échauffe, il soutient l'esprit et le génie.
Abbé, soit dit sans fiel, surtout sans calomnie,
Maître Dandin à jeun n'est-il pas un peu lourd ?
Au Palais quelquefois sa langue s'embarrasse ;
Hélas ! honteux, confus et près de rester court,
Il vient à la buvette oublier sa disgrace.

— Est-ce à nous de le dire au profane orateur ?
Dans la chaire, au Palais, sans être un grand docteur,
Pour imposer aux sots, que faut-il ? de l'audace.
Tousse fort, avocat, et crache comme nous ;
Que l'injure souvent s'exhale de ta bouche,
Grands gestes, grand tapage, air dur, sombre et
          farouche,
Tu verras l'auditeur tomber à tes genoux.
Pourtant, s'il te plaisait d'encenser des chimères,
Si l'on voyait des pleurs au bord de tes paupières,
Ciel! avec quel transport tu serais écouté !
Comme en tous nos journaux ton nom serait vanté !

-- En pleurant, cher abbé, malheur à qui fait rire.
Dans nos cercles brillans, que de fats sont tout prêts
Contre une si bonne ame à lancer quelques traits!

-- Comment! un avocat redouter la satire!
Sur le front des Target, des Thouret, des Gerbier,
Verrais-tu, sans envie, un immortel laurier?
C'est ainsi qu'aux succès le public rend hommage.

-- Certain sot, malgré tout, qui ne sait que bâiller,
Aux plus brillans morceaux du plus beau plaidoyer,
Peut, d'un air dédaigneux, refuser son suffrage.
Mais avec mon secret, c'est là mon dernier mot,
On se console au moins des critiques d'un sot.

-- Avocat, d'un grand cœur rien n'abat le courage;
Au nom sacré des lois, certes il est si beau
De défendre un client, n'eût-il plus que la peau!
Sous les yeux de Thémis, déployant ma vaillance,
Ne pourrai-je bientôt rompre au moins une lance
Pour ce sexe charmant, pour ce sexe léger,
Qu'un rien séduit, enflamme, et qu'un rien fait
   changer?
Bientôt, aimable essaim de beautés infidelles,
De vos cruels tyrans tout prêt à vous venger,
Ne pourrai-je, à mon gré, défendre vos querelles?
Pour vous suivre, l'amour me donnerait des ailes;
Avec Jenny j'irais, dans tous nos tribunaux,

D'un époux criminel publier l'adultère :
C'est là, dévote Alix, que, pour charmer tes maux,
De tes fils, en ton nom, j'irais flétrir le père :
C'est là, charmante Eglé, qu'en essuyant tes pleurs,
Comme toi, de l'hymen détestant les rigueurs,
Je briserais ce joug si peu fait pour te plaire.
Juste ciel! quels pensers! ah! depuis si long-tems
Dans mon vieux presbytère une vierge martyre
Auprès de moi languit! allons plutôt lui dire :
Tenez, dame Pimbêche, au Palais, en vingt ans,
Vous avez tout perdu, tout jusques à vos dents;
Il me vient une idée, ah! qu'elle vous console!
Vous le savez, ma bonne, il n'a plus la parole
Le pauvre Petit-Jean, votre cher défenseur;
Notre Code nouveau le ramène à l'école;
Prenez pour avocat votre ancien confesseur;
Il sera tout à vous; et, bien que l'on en dise,
Il saura chicaner, *c'est l'esprit de l'Eglise.*
On souscrit à mes vœux, on me suit au Palais;
Je parle, je conclus; Dieux! quel brillant succès!
Autour de moi la foule avec transport s'avance,
On veut me proclamer un Cicéron français :
Pour la chaire, entre nous, j'avais trop d'éloquence.
C'en est fait, dès ce jour, je renonce à l'autel;
Adieu, petit-collet, fin surplis, riche étole,
Si Méjan veut jurer de me rendre immortel,
Je ne servirai plus d'autre Dieu que Barthole.
De ce bienfait, Méjan, tu recevras le prix.

Oui, toi-même, bientôt, fier de ta destinée,
Tu feras annoncer en province, à Paris;
Nos journaux rediront à l'Europe étonnée,
Que tel jour, à telle heure, un nouveau Cicéron,
Pour quelques grains d'encens, daigna te faire don
D'une médaille en or, de son portrait ornée ;
Ce n'est pas tout, je veux, en qualité d'auteur,
Le front ceint du laurier que chérit l'orateur,
De leur rang usurpé bannir les arrêtistes.
La fortune parfois sourit aux journalistes :
Hé bien ! nous écrirons le Journal du Palais.
Fi donc ! en vérité la tâche est trop facile ;
Et d'ailleurs à quoi bon, dans un style niais,
Des plaintes des plaideurs, de leurs *si*, de leurs *mais*,
Chaque jour informer et la cour et la ville ?
Ne vaudrait-il pas mieux, dans un gros *in-quarto*,
Du grand Aréopage entassant les oracles,
Forcer tous nos robins à se dire *in-petto* :
O l'excellent ouvrage ! il lève mille obstacles
Qu'en maint et maint procès, malgré tout son savoir,
Le plus fin procureur n'eût jamais su prévoir.
Allons, que cette main, si fertile en miracles,
Sans crainte, de Thémis soulève le bandeau !
Plaideurs, n'en doutez pas, tout l'esprit du Barreau,
En dépit des jaloux, sans peine, avec ma plume,
Va produire bientôt un énorme volume.
Qu'ai-je dit ? par les rats, dans le coin d'un grenier,
Insensé ! ton recueil... Est-ce là mon métier ?

*

Suivons plutôt, suivons le chemin de la gloire ;
Feuilles, qu'un même jour verrait naître et mourir,
Je ne puis avec vous laisser mon nom périr.
Dans les siècles futurs un savant répertoire,
Au gré de tout plaideur expliquant chaque loi,
De tous juges enfin cette encyclopédie,
Autant que mes succès prolongera ma vie.
Un sot dira peut-être : *Oh ! je m'y connais, moi !*
Ce livre est mal écrit, c'est une rapsodie.
«– Chaque ligne contient un article de foi,
Répondra Garnery, des livres c'est la perle !
Décréditez l'auteur, *vous serez un fin merle.*
De nos jours, il est vrai, l'esprit se vend bien cher,
La science est sans prix ; un auteur du bel air
Veut-il sur notre Droit publier un ouvrage ?
Songez qu'à mes dépens il lui faut équipage ;
Mais de plaire au public Garnery toujours fier,
Au rabais quelquefois met plus d'un gros volume.»
Quoi ! j'aurais équipage ! ô Dieu ! bénis ma plume.
  Quel homme tout-à-coup vient troubler mon esprit?
Un Romain est moins fier dans sa chaire curule,
Que ce grand Aristarque armé de sa férule.
Quel est donc ce papier qu'à la hâte il noircit ?
C'est la feuille du jour, un excellent écrit.
A son air satisfait, à son malin sourire,
Je le vois, le faquin lance un trait de satire.
Qu'écrit-il donc ?... grands dieux ! que *du temple*
     des lois,

Au mépris de Thémis j'ai fait une boutique,
Où l'on vend, sans rougir, quatre mots de supplique,
Plus cher qu'un grand auteur ne vendit autrefois
Les douze mille vers de son poème épique.
Au feu tous les chiffons de ce vil barbouilleur !
Croit-il impunément insulter un auteur ?
Avocats ! d'une main, tenant ma matricule,
De l'autre, mon gros livre... ô le lâche ! il recule.

-- Tout beau ! l'abbé, cessez de faire le railleur.
Que la malice humaine en moyens est féconde !
Rien n'est grand à ses yeux, rien n'est pur dans le
     monde :
Mais qui l'eût pu penser ? un critique prétend
Qu'au rang des orateurs, oui, même en me comptant,
Il n'est pas, au Palais, de modèles à suivre,
Que la France, en un mot, n'a point de *Cicérons;*
Oh ! je riposterai, j'en jure, et nous verrons !
A tous ces écrivains il faut apprendre à vivre.
Non, non, souffrons en paix la guerre qu'on nous livre,
Qu'on vante nos talens, sur notre probité
Vingt jaloux aussitôt vont répandre un nuage,
L'imposture à ses pieds retient la vérité ;
Sans cesse elle flétrit vertus, écrits, langage;
Oui, tout jusqu'au silence est mal interprêté.
Voyez cet avocat, discret, modeste et sage,
Qui, toûjours au Barreau, sans élever la voix,
Le crayon à la main, inscrit sur ses tablettes;

Après de longs débats, l'arrêt vengeur des lois,
Ou qui bâille, s'endort, ronfle sur nos banquettes :
Aux traits empoisonnés d'un méchant auditeur,
Son silence du moins aurait dû le soustraire.
Hé bien ! ce matin même, à la cour, sans mystère,
Certain sot me disait : quel est donc ce docteur
Au teint vif, rubicond, à face rebondie ?
Peste ! qu'il paraît fier de garder le *tacet !*
Ne l'a-t-on jamais vu présenter un *placet ?*
-- A penser en légiste on dit qu'il s'étudie.
-- Comment !.. se pourrait-il ? allons, vous badinez,
S'est écrié ce fat, en me riant au nez,
Vit-on jamais Cujas jouer la pantomime ?
 O vertu ! fuis toujours le regard des pervers.
Mais le dirai-je enfin ? un esprit de travers,
A l'envie immolant une illustre victime,
Au bas de mon portrait a fait graver ces vers :
D'un fameux avocat, plaideur, je suis l'image ;
N'as-tu ni beaux louis, ni bijoux précieux ,
Ou ne réclames-tu qu'un modeste héritage ?
Fuis mon original, tu ne peux faire mieux.
Des auteurs, des abbés, au diable soit l'engeance !
Non, non, pour les auteurs soyons plus indulgens ;
Et messieurs les abbés sont de si saintes gens !
Rejetons loin de nous l'arme de la vengeance.
Pour quelque peu d'esprit à quoi bon tant d'éclat ?
On va s'en amuser pendant un jour peut-être ;
Mais l'huissier du Palais, en me voyant paraître,

En dira-t-il moins : *Place à monsieur l'avocat.*

O quel aveuglement ! y pensez-vous, ma muse,
Oubliant les grands noms que réclament vos vers,
Voulez-vous de moi seul occuper l'univers ?
D'un sot orgueil craignez que l'on ne vous accuse ;
Vingt rivaux à la fois rejetant toute excuse,
Contre vous du combat vont tenter les hasards.
Ah ! de si beaux sujets s'offraient à vos regards !
Eprise follement des moindres bagatelles,
N'avez-vous pu rimer que de méchans brocards ?
Héritier des talens et du pinceau d'Apelles,
Parmi tous nos docteurs, que de riches modèles
David pourrait transmettre à la postérité !

--Calmez-vous, avocat, mais parlez sans mystère,
Me dit l'homme de Dieu, d'un air plein de bonté,
Pas de respect humain : le titre de confrère
A-t-il jamais réduit avocat à se taire ?
Dites donc, croyez-moi, toute la vérité :
Que votre confrérie applaudisse ou se fâche,
Qu'importe ? donnez-nous de fidèles tableaux :
Vous hésitez : c'est moi qui remplirai la tâche.

Je vois au premier rang de vos originaux
Un certain Cicéron qui, d'une voix cassée,
Vient encore au palais exprimer sa pensée ;
Aurait-il donc fait vœu de mourir en plaidant ?

Pour qui réserve-t-il son dernier coup de dent?
De médecins, dit-on, une troupe empressée
Hier a visité l'orateur décrépit :
Un catarre, je crois, le retenait au lit;
Hé bien! dès ce matin, sur le bord du Pactole,
Le pauvre moribond recouvrait la parole.
Toi, dont le nom s'allie à cent procès fameux,
Au palais où ce nom vaut seul une victoire,
Avant que d'expirer mets le comble à ta gloire,
Viens, et fais triompher cent mensonges heureux.
    Quel est ce beau parleur dont le malin sourire
Nous promet tant d'esprit? c'est vraiment un beau
        sire !
Que je hais ses discours! qu'ils sont froids, soporeux
J'aimerais-mieux cent fois l'éternelle harangue,
Les petits argumens de maître *Tatillon*;
Du gros docteur *Patois*, ce bourreau de la langue,
J'aimerais mieux entendre épeler le brouillon
Que souvent au palais porte sa seigneurie ;
J'aimerais mieux entendre, oui, j'en jure, *Lourdet*
Et *Lourdet* est pourtant plus lourd en plaidoirie,
Que le Dieu qui mugit au milieu d'un guéret,
Que notre ami M*** dans ses vers hexamètres,
Dont la muse, à plaisir, ruant comme un grison,
Outragea Despréaux, et Racine, et les lettres;
Si je peux, un instant, mettre en comparaison
Les méchans raisonneurs, les êtres sans raison,
Ne l'est-il pas enfin plus que *L* M** aux lettres?*

Mais quel impertinent me heurte en mon chemin ?
Des enfans de Cujas est-ce encore un confrère ?
Apprends-nous donc, pédant, quel est ton ministère :
— Avocat-procureur : — et ton nom ? — *Double-main.*
Dis-nous, petit intrus, dis-nous par quel caprice
D'un certain chaperon usurpant les honneurs,
Tu prétends prendre place au rang des orateurs.
De ton ambition, va, l'on fera justice ;
Insensé ! tu rougis ; à la nécessité
Sans plainte, sans regret, soumets ta volonté :
Double tâche, dis-tu, produit double salaire :
Soit, mais un avocat est-il moins respecté
Quand il n'a que l'honneur pour unique honoraire ?
Heureux le vrai talent ! riche de ses succès,
Des faveurs de Plutus jamais il n'est avide.
Offrons ici Damis pour modèle et pour guide,
Oui, Damis dont le nom en crédit au palais
Atteste, chaque jour, qu'il n'est point de procès,
Où l'honneur, le bon droit, un courage intrépide
Ne puissent triompher des vains efforts de l'art.
De ce jeune avocat comme la voix touchante
Pénètre au fond des cœurs et souvent nous enchante !
Son ame toute entière est peinte en son regard :
La foule autour de lui se presse pour l'entendre ;
Tour-à-tour vif et fin, précis, vigoureux, tendre,
C'est *Lacroix* ou *Chabroud*, c'est *Gicquel* ou *Bellard.*
A cet heureux talent aimons à rendre hommage.
Messieurs les Cicérons, plus d'injustes dédains,

N'est-on rien à vos yeux sans de vieux parchemins ?
Console-toi, Damis, va, le public plus sage
Rend justice au talent et se rit des *Midas*.
Quoi! dit tout bas l'envie, eh! ne voyez-vous pas
Que déjà ce Damis, monté sur des échasses,
Et secouant encor la poussière des classes,
Dans la carrière seul veut marcher à grands pas ?
Que t'importe ? à Damis penses-tu faire outrage ?
Oui, certes, la vertu stimule son courage.
Mais vient-il au Barreau, le visage effaré,
D'une sombre furie emprunter le langage ?
Y viendra-t-il réduire un fils déshonoré,
Un père malheureux, un époux égaré,
A chercher dans la tombe un éternel asile,
Où, loin de ses bourreaux, dans un sommeil tran-
               quille,
La vertu trouve enfin un terme à ses malheurs ?
Non, de sa main, Damis, sur le bord de l'abîme,
Le généreux Damis retiendra la victime.
Mais de notre palette écartons ces couleurs ;
Vite, un autre pinceau. — Que d'images riantes !
L'un parfois, en plaidant, reçoit un camouflet ;
L'autre, plus brave, rompt vingt armes différentes,
Donne, dans sa colère, à Ronsard un soufflet,
Et vient tomber enfin sous les traits de *Bonnet*.
Comme un chantre chômant le saint de son village,
Ici, maître *Roussin* aime à faire tapage.
Là, maître *Pointillard*, toujours riche en bons mots,

Sous son bonnet poudreux souvent pouffe de rire,
Tandis qu'un orateur tout gonflé de pathos,
Plaidant tête levée et parlant sans rien dire,
Sur la voûte céleste a toujours l'air de lire.
Quel est donc le génie invoqué par les sots ?
Vous tous qui pour cacher un petit bout d'oreille
Vous coiffez au Barreau d'un lugubre bonnet,
Je ne sais point, docteurs, faire claquer mon fouet,
Mais je vous crois ici, d'honneur, peints à merveille ;
Adieu, gens du Palais, c'est assez, on m'attend
Chez maître *Verbibus*, avocat consultant.
  Je frappe, on vient. - L'ami, ne puis-je ?... -
   « Patience !
Répond le vieux portier, monsieur donne audience :
Mais suivez-moi, de grace ; ici, depuis trente ans,
Je sais, par leur habit, fort bien juger les gens :
Oui, nous avons aussi notre jurisprudence !
Qu'un goujat se présente :- On n'entre point céans ;
Les gens de bon estoc sont reçus à toute-heure. »
A ces mots, avec moi, de l'auguste demeure
Pas à pas traversant antichambre, salons,
Au fameux cabinet enfin nous arrivons :
« Ouvrez, c'est un client, et la cause est majeure. »
 Dans un large fauteuil chargé de lourds écrits,
Des arrêts et des lois repose l'interprête :
Penché sur son bureau, sous un double chassis,
Il dévore des yeux vingt rouleaux de louis.
Après maint compliment, après mainte courbette,

Laissant sur son parquet traîner mon long manteau,
Et tenant à la main par respect mon chapeau,
Je demande un avis : d'un air brusque, il rejette
Un mémoire qu'hier on avait fait pour moi.
A·t-on, à mon insu, déjà changé la loi ?
Ou, par certain présent, Mondor, notre adversaire,
Aurait-il avant nous..? quoi donc! est-ce un mystère?
Je suis sans bénéfice, il faut le dire net ;
Et du grand *Verbibus* le riche cabinet,
Les beaux salons, tout dit : *Client ! et l'honoraire !*
Belle-main le copiste, en réglant son feuillet,
Murmure entre ses dents, peste, jure, menace :
« — Consulter *pro Deo !* c'est pour moi trop d'honneur;
Dit maître *Verbibus*, d'un petit air moqueur,
Que peut-on faire hélas ! sans la grâce efficace ?
Monsieur l'abbé, je suis votre humble serviteur ;
Vingt riches héritiers de Basse-Normandie,
Deux fort honnêtes gens fuyant la Picardie,
Depuis une heure au moins, les bras croisés, ici...
Vous m'entendez, l'abbé, c'en est assez : *Dixi.* »

A d'autres procédés nous devions nous attendre,
Lorsqu'au rang d'avocat nul ne pouvait prétendre,
Sans prouver, avant tout, qu'il avait de la foi ;
Graves docteurs ! alors on vous tenait, je croi,
Mais ce bon tems n'est plus. Chez un autre légiste,
Me verrait-on encor dans l'antichambre ? moi !
Non, non, de tout procès, morbleu ! je me désiste.

Infortunés plaideurs, que votre sort est triste !
Tel avocat à fond connaît Justinien,
Tel autre, m'a-t-on dit, du grand Papinien,
Mot à mot, chaque jour, répète les oracles ;
Peut-être, pour me plaire, un troisième, à son gré,
Sans scrupule unissant le profane au sacré,
Du saint diacre Pâris citerait les miracles !
Que ce zèle est louable ! admirons tant d'esprit.
Mais hélas ! à quoi bon citer dans un écrit
Des Babyloniens les *us* et les coutumes,
Cent sornettes encor de pareille façon ?
Faut-il donc, travaillant ainsi qu'un vrai maçon,
Pour écrire un seul mot fouiller en cent volumes ?
Tel qu'un jeune écolier marmottant sa leçon,
Ce timide orateur qui, devant l'auditoire,
Court après certains mots sortis de sa mémoire,
Est moins sot, je le dis à tous ses auditeurs,
Que maint conseil goutteux, que ces vieux radoteurs,
Dont le génie étroit péniblement enfante
L'avis qui doit d'abord étayer un procès.
Au coin de leur foyer, d'une voix tremblotante,
Mille fois répétant d'inutiles arrêts,
Oh ! qu'ils font payer cher leur raison expirante !
Fuyons les consultans, retournons au palais ;
Grâce aux illusions que donne la fortune,
Qu'ils jouissent en paix de leur obscurité !
Non, je n'en doute plus, ce n'est qu'à la tribune
Qu'on peut des Cicérons juger l'habileté.

Un orateur , ici , tout fier d'être écouté ,
Sur vingt dossiers poudreux surmontés d'un vieux
          code ,
Portant avec fracas ses deux mains à la fois ,
Semble dire au public , enchanté de sa voix :
Applaudissez, messieurs , à cette période.
Là , cet autre avocat rassemblant avec art
Certains mots de chicane à syllabes nazales ,
Et toujours en cadence allongeant les finales,
Reçoit les complimens que, d'un air goguenard,
Un rival satisfait méchamment lui prodigue.
Chacun rit aux éclats; vil jouet de l'intrigue,
Vainement l'orateur reprend-il son discours ,
Par de nouveaux éclats on l'interrompt toujours.
O merveilleux effets d'une douce harmonie !
Secondez constamment les efforts du génie.
Au Barreau, l'orateur, sans vous, ne brille plus.
Un habile légiste en vain des pas perdus *

* On a nommé la grand'salle du Palais de justice ,
à Paris , la Salle des pas perdus. On y voit chaque jour
un certain nombre d'avocats sans cause, promenant
avec gravité leur ennui ; de malheureux plaideurs,
souvent livrés aux plus cruelles inquiétudes ; d'officieux écrivains, griffonnant à la hâte , sur une mauvaise table et à fort peu de frais, des avis qui ne sont
pas toujours dépourvus de bon sens. C'est parmi ces
hommes que le pauvre , la veuve et l'orphelin trouvè-
rent quelquefois des consolateurs et des appuis, lorsque

Pendant dix ans , je crois , eût arpenté la salle ,
S'il ne fuit des sons durs *le concours odieux* ,
Adieu gloire et procès : maintenant rien n'égale
L'art de plaire à l'oreille et de parler aux yeux.
Eh ! n'admirez-vous pas ce clerc officieux
Dont l'embonpoint ferait la gloire d'un chanoine ?
Il prononce avec grâce , on aime ses discours,
Ce sout de jolis riens qu'on applaudit toujours ;
Jadis au nom du ciel, nazillant comme un moine ,
En horreur aux mondains il eût prêché l'enfer ;
Philosophe indulgent , doux apôtre du vice ,
Au nom des criminels implorant la justice,
De la main de Thémis il fait tomber le fer.

— Méchant! de tels discours lassent ma patience :
Allez-vous sur ce ton long-tems psalmodier ?
Avec vous un moment j'ai pu balbutier
Quelques critiques, mais c'est trop de complaisance ;
Quel est votre projet ? de nous injurier :
Du Barreau croyez-vous avilir l'éloquence
En faisant le tableau du plus honteux succès ?
Sous le glaive des loix une tête coupable ,

la Justice en denil eut vu fuir de son sanctuaire
ses ministres les plus éclairés. Mais que peut le senti-
ment de l'humanité seul , contre la mauvaise foi et
les ruses de la chicane? Aussi la robe et le chaperon
ont-ils repris partout leur crédit.

Sans oser discuter la preuve qui l'accable,
Doit, au prix de son sang, racheter ses forfaits :
C'est les partager tous que lui sauver la vie.

  — *Bravo !* notre avocat, crie : à la calomnie !..
Du bon Robin voyez un peu la bonne foi !
Ma Muse, nous dit-il, *défend les gens de loi,*
Et le traître contr'eux exerce son génie.
De là, mille propos : « Quel est donc l'avocat
Qui vilipende ainsi ses titres, son état ?
N'est-ce point un auteur enclin au persiflage,
Quelque plaideur brûlant de venger un outrage,
Ou certain procureur, au Barreau, méprisé
Qui, de dépit, enfin, s'est métamorphosé ?
Certes, des Cicérons il n'a point le langage. »
Contre toi, du palais, oui, telle est la clameur.
  — O vous qui m'accusez ! connaissez votre erreur,
Ou du moins, un instant, consentez à m'entendre ;
Contre tous vos griefs je ne vais me défendre
Qu'en vous forçant, j'espère, à mieux juger mon cœur.
Le proverbe dit vrai : le Français aime à rire ;
Des abus et des maux qui viennent l'affliger,
Sa gaieté le console ; un seul trait de satire,
Un joli calembourg, quelque couplet léger
Versent sur ses douleurs un baume salutaire ;
Parfois un bon mot seul désarme sa colère.
De cette humeur facile un auteur prévenu
A plaire à ses lecteurs est souvent parvenu :

Veut-il donc leur parler d'un savant à grimace
Qu'en langage vulgaire on nomme médecin ?
Sans se faire chercher, la rime d'assassin
A la fin de son vers vient bientôt prendre place.
De dame Chicaneau peint-il le procureur,
Un nouvel Harpagon, un Crésus en guenille ?
Fi ! l'avare, dit-il, peste soit du voleur !
Chaque mot dans un vers fût-il une cheville,
Le lecteur n'oserait juger sévèrement
Ce qui flatte son goût, ses penchans, son caprice ;
Il pardonne aux auteurs quelque peu de malice ;
J'ai donc pu consentir que ma muse, un moment,
Sans dessein d'offenser des confrères que j'aime,
Au goût de mon lecteur se prêtant elle-même,
Le fit rire aux dépens de quelque vieux docteur ;
Mais pour le chaperon mon respect est extrême,
Et des grands avocats je suis l'admirateur.
Cochin! Beaumont! Linguet! vous tous dont l'élo-
            quence
Honora le Barreau, les lettres et la France ;
Toi, zélé défenseur de nos droits les plus chers,
Aux plus nobles travaux, en consacrant ta vie,
Jean-Jacques ! toi qui sus, par tes écrits divers,
Du joug des préjugés affranchir l'univers ;
Et vous, grand homme! vous, dont le puissant génie,
Vainqueur du fanatisme et de la calomnie,
Aux cendres de Calas fit rendre des honneurs,
Oublierais-je vos droits, immortels orateurs ?

Qu'on vante, j'y consens, à Rome, dans Athènes,
Qu'on vante parmi nous Cicéron, Démosthènes ;
Des partis excitant ou calmant les fureurs,
Ils retardaient la paix, ils suspendaient la guerre :
Pour vous, du monde entier constamment écoutés,
Vous faites triompher la vertu sur la terre.
Ces principes féconds, ces fortes vérités
Que, dans tous vos écrits, j'admire à chaque page,
Tour-à-tour invoqués par tant de factions,
Sur le vaste océan de nos opinions
Sont enfin aujourd'hui la boussole du sage.
Dans ces jours de terreur, de sang et de carnage,
Où tant d'obscurs tyrans profanaient les tombeaux,
Souillaient de leurs forfaits la gloire de nos armes,
O vous que l'on a vus, sous le fer des bourreaux,
Tantôt de l'éloquence employant tous les charmes,
De ces tigres émus faire couler les larmes ;
Et tantôt déjouant leur haine, leurs fureurs,
D'un horrible trépas sauver mainte victime !
Lagarde ! Pérignon ! célèbres orateurs,
Acceptez de ma muse un tribut légitime.
Vous aussi qui brûlez de rendre à son état
Cet être infortuné, dont l'obscure existence
Trahit un grand coupable, ou livre l'innocence
A l'injuste soupçon d'un horrible attentat !
Vous enfin dont la voix s'élève avec courage
Vers cet auguste trône où règne un potentat
Qui, d'un seul mot, pourrait couronner votre ouvrage,

Généreux défenseurs , recevez mon hommage.
Aux victimes du sort qu'il est beau de s'unir !
Mais cessons de te plaindre, ô femme infortunée !
Si Douhault vit encor * , tes malheurs vont finir :

---

* C'est maintenant un problême que la Justice ne
peut résoudre sans un décret de l'autorité souveraine ;
voilà du moins ce qu'on a essayé de prouver dans une
Requête à S. M. I. et R. , qui a eu la plus grande pu-
blicité. L'infortunée qui réclame les droits de madame
veuve de Douhault s'est avancée jusqu'aux pieds du
trône ; sans famille, sans fortune, isolée au sein de la
société , elle n'avait pour elle que ses larmes et ses priè-
res. Un jurisconsulte célèbre , M. Désèze , et plusieurs
autres avocats d'une grande réputation ont généreuse-
ment offert de lui servir d'interprête et d'appui ; ils ont
joint à sa requête une délibération pleine de lumières
et de sagesse. A la vérité, un contradicteur anonyme
vient de combattre avec force , dans une de nos feuilles,
les argumens de nos jurisconsultes : cette plume élo-
quente a sans doute été considérée comme un adversaire redoutable pour les défenseurs de la réclamante,
au tribunal de l'opinion publique ; mais, dans une
cause si importante, depuis long-tems soutenue d'un
côté , et combattue de l'autre , par des avocats distin-
gués , quel homme sage oserait en ce moment asseoir
un jugement définitif ? En effet, après les témoigna-
ges imposans d'un ancien magistrat (M. Pépin) , de la
femme de chambre de madame de Douhault , de quelques autres témoins irréprochables, pourrait-on ne
pas rester du moins dans le doute ?... Ah ! craignons
d'insulter au malheur et à la vieillesse : attendons le
triomphe de la vérité.

Du plus puissant des rois tu peux tout obtenir;
Les Dieux ont en ses mains remis ta destinée.

Muse, c'en est assez, par des efforts nouveaux
A quoi bon des lecteurs lasser la patience ?
Qui ne sait se borner perd droit à l'indulgence,
Il faut à son talent mesurer ses travaux;
Un seul jour peut ternir tout un siècle de gloire.
Muse, malheur à nous! si, dans son humeur noire,
Le lecteur s'écriait, jetant le livre à bas,
Ces maudits Cicérons ne finiront-ils pas ?
Tu le sais, dans mes vers, au gré de tes caprices,
Des Cicérons Français en traçant ces esquisses,
O Muse! je n'ai fait qu'obéir à ta loi :
D'une main téméraire, au mépris de l'usage,
J'ai moi-même, en riant, crayonné mon image :
Qui l'avait ordonné ? parle, n'est-ce pas toi ?
Mais non, je ne veux pas t'accuser davantage,
O Muse! j'en appelle au dernier praticien *,
Des avocats pouvais-je oublier le doyen ?

----

* Un auteur très-estimable, M. Philippon-la-Madelaine, a placé ce mot au rang de ceux dont la terminaison est dissyllabique; mais ne pourrait-on pas lui opposer l'autorité de quelques grands poètes, par exemple, celle de Racine ?

Va, je t'achèterai le PRATICIEN français.

Les Plaideurs, act. 2, sène 3.)

Soit, dira le lecteur ; mais quoi ! sur votre liste
Vous inscrivez Voltaire et son antagoniste !
Ont-ils jamais plaidé pour un mur mitoyen ?
Auraient-ils proposé certain déclinatoire,
Soutenu, pour l'honneur de votre chaperon,
Soit dans quelques *factums*, soit en plein auditoire,
Que la forme toujours doit emporter le fond ?
   Dans ces Sages, jamais la raison, la justice
Ne cherchèrent en vain d'utiles défenseurs ;
De ses plus doux loisirs faisant le sacrifice,
A quarante ans, Rousseau fut l'avocat des mœurs;
Sur le bord de sa tombe, en combattant le vice,
Voltaire sut encore émouvoir tous les cœurs :
Bon Jean-Jacques ! s'écrie une sensible mère,
De mon fils ton Emile a défendu les droits.
Quel avocat jamais plaida comme Voltaire,
Nous diraient ces enfans dont il sauva le père * ?
Pour le bonheur public, Sages ! que votre voix
Du fond de vos tombeaux parfois s'élève encore !
La France vous chérit, l'Europe vous honore,
On pèse vos conseils dans le conseil des rois.

____

* On veut rappeler ici tout ce que fit Voltaire pour
sauver le malheureux Sirven.

FIN.

____

De l'Imprimerie d'ORIZET et LE COQ, Place S.-Michel.